水仙花的眼睛

淳熙・著

詩與愛同源

韓麗蓮
更生日報閱讀寫作班主任、《詩的小宇宙》作者

我與淳熙素未謀面，卻在詩裡一期一會。

先是他偶然在書店發現我的書《詩的小宇宙》，來信分享他的閱讀心得，說書中的創意和火花讓他的詩心萌發，於是他開始玩、開始寫。

隨後他成立似乎沒有要博取關注的粉專，一首一

首的寫下去。直到他邀我寫這本書的序，我才驚嘆，這幾年他竟然寫了一百首鮮活生動的童詩！

淳熙擅於以兒童的眼光去捕捉和思考世界，表達富有童趣與童真的詩意，讀他的詩，彷彿走進大自然的童玩節：

「叩叩叩！／有人在家嗎／紅紅的小房子／裡頭住的是什麼人呢」這是鬱金香的家家酒，拇指姑娘和愛麗絲可能住在花房裡，等你來敲門。

「小巧玲瓏的奶嘴／一串串迎風招展／汁多味美／芳香馥郁」月桃花小奶嘴不但有月桃的香氣，還會發出啵啵啵的聲音。

誰能讓墜落的〈油桐花〉在水上作畫，「而又不真的把水面／點破」，誰就能登上大自然藝術家的寶座。

這富有審美意味的自然意象，激發我們對眼前事物的好奇與想像，提醒我們打開五感與自然連結，「一花一世界，一沙一天堂」將在眼前示現。

當孩子還是孩子的時候，特別容易把所有的事物都當作是有生命的，同情共感，並且樂於和它們交談對話。長大後的成人，如果失去這樣的情感，是寫不出好童詩的。淳熙童心猶在，不但能物我交融，並且能在兩個表面上性質完全不同的物件之間建立關係：「白白的稻花／你是浪，也是馳騁的白馬／盪啊盪，盪啊盪／盪來弟弟的學費／盪來妹妹的新衣／把農人的汗水／盪成歡笑的眼淚／……／小小的你／結出一粒粒的夢／請風的舌頭／嚐一口甘甜」把表面上不相關的稻花、浪花和白馬聯繫在一起，再藉著「盪」這個動詞跳躍到現實——農人的汗水、妹妹的新衣、弟弟的學費，這跳躍沒有客觀的邏輯牽引，而是由有機的想像貫穿起來，「盪」出詩人內心世界的微妙變化。

在詩人眼裡，稻花有大愛，並非無的飄盪，它知道農人的辛苦，不但要盪出「一粒粒的夢」，成為可以換取農人溫飽的收穫，還要向共作的風致謝，讓風也品嘗豐收的甘甜。

而在〈桔梗〉這首詩中，無跡可尋的光和落地生根的種子，星星、花香和孩子的夢，這些詩意的表徵不但提供一個充滿靈性的視界，也令人感受到與愛同源的詩意溫度。

上帝
把光的種子
撒向四面八方
一半落在天上
成為星星
一半落在草地
成為你
你也是
地上的星星
溫暖

明亮
靜靜的
香
我想跟上帝
要幾朵
種在
孩
子
的
夢
裡

落在草地上的桔梗種子，原來有神話般的身世，它的一半，「落在天上／成為星星」，另一半——「落在草地／成為你／你也是／地上的星星／溫暖／明亮／靜靜的／香」讀到這裡，我彷彿聽到上帝藉著詩人傳來的聲音。這個「你」，是桔梗，也是正在讀詩的你呀！溫暖、明亮、靜靜的、香——是我們，我們都是天上的星星，詩人最早察覺，並且立刻想到跟上帝再要幾顆種子、幾朵花，他想到孩子的夢裡不能沒有，他要去種在孩子的夢裡。

「一萬光年外／聽都沒聽過的／星球上／也有花嗎？／……／真希望　哪天／跟外星人相見時／我們能互相贈送／把花當作／最美的禮物／友誼的象徵」詩人是地球上的小王子，他的善意擴及其他星球。心意就是能量，如果每個人都有和外星人互贈鮮花的心意，這個世界就是天堂。

我想淳熙在寫詩的時候，並沒有刻意運用任何寫作手法，甚至沒有把修辭放在心上，而是自然而然地行走、跳躍、觀察、感受和思索，他的生命散發美感體驗——詩，來到他眼前。

「水仙花的眼睛」是一雙發現的眼睛，這本大自然嬉遊記以詩為嚮導，帶著我們遊歷花草間，聆聽萬物，重新發現被我們視而不見的美和趣味，戶外踏查時別忘了帶著水仙花的眼睛。

百花詩冊——一個新詩人的誕生

林世仁
童話詩人

二〇二二年二月四日，我的臉書上跳出一則陌生訊息。一個年輕人。一個對詩有興趣、正在寫詩的年輕人。他告訴我：高中時因對兒童文學產生興趣，曾跟我通過信。現在，他在臉書上新設了一個粉絲專頁「淳熙的熙奇古怪故事簿」，邀我進去欣賞裡頭的詩作和「看圖說話」。我點進去看，看到一些「讓我眼睛一亮」的小詩。

今年二月二十四日，我又收到年輕詩人的來訊，說這兩年多的創作即將結集成《水仙花的眼睛》，邀我寫序。我當然歡喜答應。

收到詩稿，一看大驚，竟然有一百首！

一百首？回想過往，我好像累積了許多年才「終於」跨過這一道門檻呢。

想不到新時代的新詩人，竟然有這麼豪邁的創作能量！

這是我在這本詩集上看到的第一個驚訝點。

當然，淳熙的詩完全不是豪邁型的，甚而是它的相反詞：斯文、含蓄，又帶有一些童心的想像。詩的數量如此之多，只是顯示他對詩的執著，對創作的熱愛。

詩集帶給我的第二個驚訝點，是集中作品大多是以花為題，其餘沒有花名的詩作也不時飄散出花的身影。對花如此專情、如此集中的書寫，在童詩創作者中，我極少遇見。

可見作者對於美的關注，十分細微而獨特。

遊賞這些百花詩，我看到許多充滿想像力的比喻。例如，形容百合花是「小小的探照燈」，月季花是「金鯉魚的百褶裙」，扶桑花是「早晨的紅冰糖」，月桃花是「小巧玲瓏的奶嘴」，聖誕紅是聖誕老人搖滾樂團中「一簇簇紅色的重低音符」……這些比喻生動又有畫面感，是詩人的起手式。

一旦謀句成段，出以新意，作品便鮮活起來。例如〈油桐花〉的末段形容花瓣飄墜下來，是一場「用無聲墜落完成的演出／結尾是一幅水上點描畫／而又不真的把水面／點破」一種美的細緻感觸，隨著詩句徐徐鋪陳而出。又例如〈相思樹〉，詩人寫它讓人鼻子過敏、哈啾不停，收尾卻筆鋒一轉說：「你就是有這樣的本事／讓我的鼻子，想你／時時分分秒秒……」角度如此轉換，將怨怪化成「嗔怪式的讚美」，正是詩人手筆。

之三：

作為童詩集，集中自然不缺乏有童話趣味的詩，例如〈風鈴草〉

風搖一搖鈴鐺，大聲宣布：
那個孩子睡了。

喜歡打泥巴仗，
把腳印像蓋章蓋滿院子的
那個孩子，

把狗當抹布擦，
弄得牠唉唉叫瑟瑟發抖的
那個淘氣鬼，

鬥不過月魔兔的瞌睡大法
　已經安穩地睡了。

快下來吧，可愛的星星
　屬於你們的化妝舞會
　　可以開始啦！

由花的形狀搖響出一首童詩，真是活潑可愛！〈鬱金香之一〉、〈金盞花〉也是如此的小詩。

而靜靜的花一旦被詩人帶入動畫場景，有時還會出現如〈荼靡〉這樣的畫面：

別著素雅的黃絲巾
愛笑的車掌小姐
親切優雅，面對每一個人

在清香如泉湧的路上
我喜歡慢慢踱步
和三月的花兒一一打過招呼

再搭上四月的末班車
聽見你活力十足的
廣播，才能放心

「春天，慢走——
下一站：初夏。」

把「開到荼蘼花事了」翻譯成一首現代小詩，真是化古為今，巧手點化。乍讀這首詩，我曾奇怪的提問：「咦，荼蘼不是白色的嗎？」淳熙回應說：「黃絲巾是黃色的花蕊唷！如果把花比擬人，黃絲巾的位置就是花蕊，我是以這樣的想像來創作的。」哇，果然是心細如髮的愛花人啊！

百花詩中，最有禪意的大概是〈蓮花〉，而在花之外的詩裡，淳熙也試圖在某些篇章注入小小的哲思，例如〈獸〉：

獸，孤伶伶地
走過開滿小花的綠野
一腳踩碎花香
露水沾溼牠的背

獸，低頭走出綠野
後面跟著
一群
彩蝶

〈發牢騷〉也有著這樣「會讓人想一下」的趣味。

綜觀詩集，詩中有遙承楊喚以來的抒情傳統如〈野薑花〉、〈一朵沒有名字的花，能不能寫詩？〉、〈童話國的颱風天〉；有以節奏直貫到底的如〈一翦梅〉；有溫柔的體貼如〈太陽與蒲公英〉、〈沙灘上的詩〉；有以童話來鋪陳展演的〈蜻蜓〉、〈進行曲〉、〈海邊的裁縫師〉、〈船長貓〉；有可愛的玄想，如〈禮物〉、〈風吹過〉；有綿綿的情意如〈雪月花〉，也有展露詩人的信念如〈人的價值〉……既有這些繁花在其中，那麼，龐大詩作中某些平實的描述便也可以當成烘托的枝葉了。

淳熙，一個童詩界的新人。

這一本充滿花香的詩集，是他遞給讀者的名片。觸手芬芳，可以遙想未來。在〈我的信仰〉中，詩人說：「一直想／把自己的／身體，修煉成／一朵花」。一朵花，是詩，是詩人的理想，也是詩人本身。

這本詩冊是一個美麗的開始，恭喜淳熙！更祝福淳熙的詩筆能持續精進，一路開出更美好的花朵。在未來，修煉成真！

二〇二四年三月十三日

微笑看花，喜樂讀詩

我喜歡花，喜歡詩，因此寫了這本花的詩集。

回想高中以前，我對詩的認識僅止於「印在課本裡的會跳行的文字」。直到我遇見一本破舊的詩集，好奇翻開來看，才確認詩是特殊的文字，有不可思議的力量。那本「面如土色」的詩集，在我的手中放出光明，直直照進我幽暗的心谷。

此後，我經常尋找讀詩的機會，渴望再次沐浴在光裡。

過程中，我偶然讀到兒童詩，啪！——那道光又出現了，而且還是「童心閃光彈」，讓我心裡的小孩忍不住直呼：太好玩了！我發覺童詩和我非常合得來，以至於我把閱讀的天線轉向接收「童心電波」，並期待自己創作。

如果問我什麼是詩，我會這樣說：詩是陽光，是空氣，是雨水。詩是等著人朗讀的花。這也是我的「詩信仰」。人生固然沒有永遠的晴天，但也沒有永遠的陰天，重要的是能不能給自己做好準備，平時多存一些「心靈保健品」，讓心的行囊保持充足的狀態。

心靈保健品有許多種，詩就是其中一樣。

我也喜歡花，每次看花，就會想起一個美麗的故事。

兩千多年前，悉達多太子在菩提樹下領悟了生命的道理。他虔誠修道，聽河水日日夜夜不停的流，看花朵開開落落一切圓滿。這位求道者，或者，更親切地說，佛陀的內心激動得不得了，嘴角綻開出喜悅。

他之所以激動喜悅，不是因為頓悟，而是他「重新」發現世界，「重新」愛上世界。一草一木，花鳥蟲魚，在他看來都是那麼可愛，那麼值得去愛。

這個滿心歡喜的人，在花香裡講經，伴著水聲如歌，天長地久，歲月悠悠。他的血肉回歸大地，可是沒有消失；他的血肉成為種子，成為花，成為樹的亭亭傘蓋。每當我走入大自然，就彷彿看見了祂。

每一棵樹，每一片葉子，每一朵花，都是佛的指尖，對世人說法。

如果問它什麼是愛，它就擺一擺手，指向你也指向我，指向天地萬物。

事實上，花和詩有許多相像的地方。失意的時候，如果有花相伴，像提一盞寶蓮燈，為你推開黑暗，照亮前路；當你為生活的不順心而氣惱時，花撫慰你哭泣的靈魂，洗淨你的憂傷，使你脫胎換骨，宛若新生。「花的寶蓮燈」和「一帖詩藥方」的功效是完全相等的。

花是靜靜盛開的詩。當你帶著一束花去約會，你會看見，對方眼睛一下子亮起來，迸射出驚喜的火花，眼皮在笑，嘴角在笑，手中的花也藏不住喜氣，朵朵笑得合不攏嘴。你不必多說，花已經傳達了心意。

我想告訴你，這個世界很美，因為有花；一切生命很美，因為花也是一種生命。我對花的熱愛足以支持我熱愛這個世界。花的可愛有趣使我對一切生命發生了興趣。我不怕花落，因為花落也是一種美。

當我看見孩子在花間奔跑，追逐蜂蝶的模樣，我覺得非常感動。我有一個體悟：花是大自然的精靈，孩子是人類的精靈，精靈與精靈相遇，交織出和諧的生命之歌。我們應該教孩子去熱愛這個世界；或者，讓孩子來教我們吧。

這本詩集收錄一百首詩，書名「水仙花的眼睛」由其中一首詩轉化而來，現在你捧著它、閱讀它，希望裡頭的詩句能起到「滋潤生命、豐富心靈」的作用。更希望在你讀完之後，能興起你走到花園嗅聞花香、看一眼美麗的世界的念頭。

一本詩集從開花到結果，背後匯集了無數人的努力。謝謝意珺編輯，沒有您的支持與協助，就不會有這本詩集的誕生；謝謝秀威少年的同仁，為詩集灌注滿滿的愛。

感謝麗蓮、世仁兩位老師，一聽到我要出書的消息，立刻允諾寫序，令我十分感動。

這本詩集是禮物，也是真誠的祝福，祝福拿起書的你——

微笑看花，喜樂讀詩。

微笑常在，喜樂也常在。

淳熙　二〇二四年三月

目次

輯二 風鈴草的低語

輯三 手心裡的桂花香

輯四　風吹過

輯五　摘星人與鑲星人

輯六　我的信仰

輯一

水仙花的眼睛

太陽與蒲公英

從海面露臉的太陽
拿出它的金羽箭
向四面八方射去
把天空照得金碧燦爛

地上的蒲公英
也和太陽一樣
吹起發光的小絨毛

向四面八方飛去

看哪！
蒲公英的小小天空
也一樣泛著金光呢

油菜花

你以　你的姿態
告訴人們
什麼是　活得
美麗自在

鬱金香之一

微微張開的唇
叫醒陽光
叫醒青山
叫醒春風
叫醒小河
叫醒全世界的蝴蝶
聽你唱歌

鬱金香之二

叩叩叩！
有人在家嗎
紅紅的小房子
裡頭住的是什麼人呢

是羞答答的拇指姑娘
還是喝了縮小藥的愛麗絲

是到處借東西的小人兒
還是彼得潘的小妖精

不管你是誰
花開的時候
要趕快出來跟我玩喲！

水仙花

雪婆婆騎著雪狼
跑過大地
跑過群山
跑過森林

雪婆婆一來
大地蓋上了雪被
群山戴上了雪帽
森林穿上了雪衣

世界一片白茫茫
白茫茫的世界真乾淨

雪孩子走得慢
力量也最小
但是他一來
大地　群山　森林
便睜開了眼睛
黃澄澄　金亮亮
把遙遠的春天
一下子召喚到眼前

鳶尾花

在眾神的殿堂
飛舞，你原是一隻鳥
因觸怒了天條，下凡

飛，仍是本性
今生只好化作羽翼——
等待風起

風信子

慕夏的小公主，他用畫筆勾勒你
恬靜優雅，斜倚翡翠寶座
沉思的眼透露著無窮魅力
風兒是你的好姐姐
千里迢迢捎來春的消息
當春天乘坐太陽馬車歸來時
正是你用清脆嘹亮的嗓音
佈告天下花的子民

梔子花

讓風鼓滿
潔白的風帆
準備乘風破浪
咦——
明明沒有水
怎麼會有浪

原來是太陽公公
特地為你
撒下亮晃晃　金澄澄
澎湃洶湧的
光之浪

茉莉

鄰家女孩，笑得真甜
搖著白裙襬
散發清芬久遠
任誰聞了你的氣味
都想讓張望的眼
越過籬笆
一睹你的芳澤
把你捧為掌上明珠
好好加以疼愛

梨花

詩人說，你哭的時候像下雨

我怎麼看都覺得
你是甜甜的雪花冰
裹在春天的枝頭上
等著賞花人舉起相機
喀嚓、喀嚓！

讓我們的眼睛，吃冰淇淋……

桃花

春神喜歡吹泡泡嗎？
還是
過了一個冬天
樹也需要
暖洋洋　熱呼呼
放鬆身心的泡泡浴？

粉紅色的泡泡
吹彈可破的泡泡
讓小鳥昆蟲也想洗香香
讓明明是男生的我
忍不住
少女心爆棚

蘭花

你的形象
是翩翩君子
小河把你潑溼
你卻給它芬芳
讓它流經的
每一塊土地
蓬勃生香

是振翅的彩蝶
清風托著你
你托著陽光
把春天的五顏六色
打包，寄去城市
給夾在樓和樓中間
寂寞的小巷

櫻花祭

春天來過，城裡城外
望不見盡頭的紅
我戴著花帽，香味四溢
尋訪春天的身影

春天跑過，市集街道
鑼鼓穿雲霄的紅
我踏著花鞋，蹦蹦跳跳

投向春天的懷抱
春天睡過，護城河內
濃得化不開的紅
我駕著花筏，緩緩慢慢
滑進春天的心坎

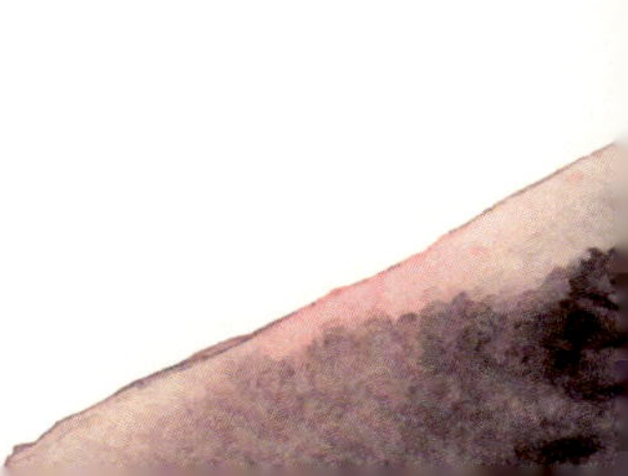

紫藤花

七仙女真粗心
來到人間遊玩
回去時
把親手編織的彩帶
忘在山坡上
紅
藍

紫
粉
交錯成一片
我聽見，走過的風裡
傳來飄飄仙樂

芍藥

春天來時
你還在沉睡
春天要走
你才終於甦醒
一甦醒
便用天真無邪的眼波
迷
倒

眾生

海芋

天氣女巫常常把玩
她的笛子　吹出
重重濃濃重重的霧

起霧了
正是你大展身手的時候
你走進霧中的奇幻小鎮
一轉身　跳著

魔幻狂野狂野魔幻舞步
霧散後
留下茫然的人們　轉著
迷迷糊糊迷迷的眼珠

牡丹

披著豔麗的衣裳
傲立於百花之中
太陽為你打光
春風以金蕊王冠
為你加冕

花中的王者，也是上天
寵愛的女兒

辛夷花

春雨綿綿，洗淨大地
像一個唐朝仕女
梳洗完她的容顏

伸出纖纖玉手，舉杯
粉嫩紫紅的杯中
斟滿甜甜的月光

醉蝶，也醉了看花人

杜鵑

鳥等春天等得不耐煩
飛上枝頭對著月亮大叫：
啾啾啾——
春天來了嗎？
啾啾啾——
春天來了嗎？
叫得滿山杜鵑漲紅了臉：

三更半夜吵什麼吵
天明天亮還沒有到
你不睡我們要睡
我們要舒舒服服地睡
我們要安安靜靜地睡
我們要甜甜蜜蜜地睡
最好是
連春天也驚豔
睡一個
俏麗麗女大十八變的美容覺

荼蘼

別著素雅的黃絲巾
愛笑的車掌小姐
親切優雅，面對每一個人

在清香如泉湧的路上
我喜歡慢慢踱步
和三月的花兒一一打過招呼
再搭上四月的末班車

聽見你活力十足的
廣播，才能放心
「春天，慢走——
下一站：初夏。」

輯二
風鈴草的低語

芙蓉

田田綠水　青青江河

你　托著粉嫩的臉蛋
從樂府的歌聲　走出來
從白居易的詩　走出來
從宋代的繪畫　走出來
來到現代　車水馬龍的城市
安居於公園的噴水池

還是亭亭玉立　婀娜多姿
還是　那樣地
不
減
風
華

蓮花

綠綠的水田
浮著　粉紅色的缽
佛　敲了五百年
還是　敲不
破

薰衣草

貓跌入紫色的湖泊
沉睡，在那個
被太陽烤過的午後
沒有掙扎，也沒有溼透
舒舒服服，在你的懷裡
做著和小魚玩耍的夢

向日葵

它，伸出看不見的
吸管，長長的
吸取陽光，以備不時之需
當風雨欲來，依舊
昂然挺立

人是不是也能這樣
打開書，插入無形的吸管

暖暖的，讓光流過
把一首詩，化作
不輸風雨的勇氣

月季花

能歌善舞
集眾多美麗於一身
就算離開了水
金鯉魚的百褶裙
也還是
悠游自在
還是像
回到水中

那樣地如魚得水

油桐花

一隻隻白鳥　從樹上
一躍而下　化作
神奇圓點點
迴旋　再迴旋
在空中劃出
美麗的
弧線

時間女神也看呆了
定格在飄落飛舞的瞬間
緩緩　慢慢
慢慢
慢

用無聲墜落完成的演出
結尾是一幅水上點描畫
而又不真的把水面
點破

野薑花

你在幽幽的山澗　跳舞
山澗就甦醒過來了
你在沉靜的森林　搖擺
森林就開始說話了
你在寂寥的野地　遊戲
野地就熱鬧起來了

曼妙的舞姿讓我分不清
你是蝶是花
還是空靈的仙女

只知道當你跑過
迴盪的腳步聲
也為太陽神的祭典揭開序幕

百合花

小小的探照燈
總是準時地
點亮溫暖的鵝黃色
給工作完的螞蟻們
指引回家的路

小小的探照燈
燃燒胸中的火

才不管風起雨落
永遠地照亮人間

三十三朵野菊花

夏日裡　野地旁
開出三十三朵野菊花

個個舉起黃色的小手
爭著要搶答

誰是最活潑的女高音啊？
我我我我我！

夏日裡　野地旁
傳來熱鬧的大合唱

稻花

綠油油的稻田
像極了
一望無際的海洋
飛啊，飛啊
白白的稻花
你是浪，也是馳騁的白馬

盪啊盪，盪啊盪

盪來弟弟的學費
盪來妹妹的新衣
把農人的汗水
盪成歡笑的眼淚

跑哇跑，跳哇跳
跳過日月星辰輪轉
跳過風雨雷鳴交替
把炎熱酷暑
跳成幾分涼意

小小的你
結出一粒粒的夢
請風的舌頭
嚐一口甘甜

夏菫

頂著紫色的陽傘
鵝黃的臉蛋，藏在裡面
這位小妹妹好害羞呀
只敢在大風走過
迅速和我對望一眼
又立刻難為情地
躲回傘下

繡球花

一群萬紫千紅的女郎
擎著數不盡的彩球
為慢跑的人
初下水的小鴨
學飛的蒲公英　和
大地裡蟄伏的生命
賣力地喊加油

我也得加油
寫完這一首詩
為夏日的啦啦隊
陣容堅強的應援團

月桃花

小巧玲瓏的奶嘴
一串串迎風招展
汁多味美
芳香馥郁
薰得蝴蝶和蜜蜂
愈
飛
愈

慢

跌落綠草堆裡
一醉千年

曇花

月光古堡的派對上
誰能跳一整夜的舞？
一身白洋裝，連星星也自嘆不如

淡香飄逸
眾人為之傾倒
就連我
想不多看幾眼都難

月下美人啊
笑語盈盈的小姑娘

玫瑰

夜鶯血淚
化作
情人手裡的玫瑰

當愛踏月而來
用夢的碎片妝點
請你小心輕碰

因你手裡捧著
夜鶯血淚

牽牛花

你有一個美麗的名字：朝顏
確實，像剛睜開的睡眼
迷迷濛濛，稚氣未脫
豔陽為你刷上腮紅
蝴蝶和蜜蜂都來向你邀舞
想看你水嫩的臉蛋
一邊旋轉，一邊甜甜漾出
幸福的酒窩

桔梗

上帝
把光的種子
撒向四面八方
一半落在天上
成為星星
一半落在草地
成為你
你也是

上帝
把光的種子
撒向四面八方
一半落在天上
成為星星
一半落在草地
成為你
你也是

地上的星星
溫暖
明亮
靜靜的
香
我想跟上帝
要幾朵
種在
孩
子

地上的星星
溫暖
明亮
靜靜的
香
我想跟上帝
要幾朵
種在
孩
子

的
夢
裡

裡
夢
的

風鈴草之一

妖精的家門口
掛了一串
小鈴鐺

調皮的風經過
都要進來
撞一撞

風鈴草之二

妖精的鈴鐺
上上下下
前前後後
裡裡外外
掛滿整座花園
風一輕輕撥弄
它們就笑得
左歪歪

右彎彎
這邊碰
那邊撞
撞出一枚枚
一串串
一把把
悅
耳
的
銀

幣
撒落在綠油油
碧瑩瑩
滴翠翠
的
青
草
地

風鈴草之三

風搖一搖鈴鐺，大聲宣布：
那個孩子睡了。

喜歡打泥巴仗，
把腳印像蓋章蓋滿院子的
那個孩子，

把狗當抹布擦，

弄得牠唉唉叫瑟瑟發抖的
　那個淘氣鬼，
鬥不過月魔兔的瞌睡大法
　已經安穩地睡了。
快下來吧，可愛的星星
　屬於你們的化妝舞會
　　可以開始啦！

輯三

手心裡的桂花香

桂花釀

兩旁種滿桂樹的巷子，
中秋前後，
時常下起金黃的桂花雨。
母親讓我撿回，
拌入蜂蜜，做成桂花釀。
大手包著小手，
小手包不住桂花香。
甜滋滋，金燦燦；

釀著圓圓的月，
也釀著純真的童年記憶。

萱草

靜靜地開，靜靜地落
只要孩子幸福
別的什麼都不想要

母親花、母親花
媽媽的心哪！
是照耀大地的一抹金黃

菊花之一

只因醉酒的詩人
在那天
不經意把你摘下
從此　你成為詩歌裡
高雅潔淨的永恆之花
和酒　和巍巍的南山
綻放在　每一代
中國人的心上

菊花之二

自古以來
受到人們的讚賞
吟詩喝酒自然少不了你
連日出處的天子
也對你疼愛有加
讓你　在他的庭園
盛放金光

金盞花

整個晚上
狐狸家族不睡覺
圍成一個圈
竊竊私語著

一陣風吹過
牠們動了起來
這邊掛燈籠

那邊結彩帶
撒花瓣
發喜糖
優美的音樂在空中
繞來繞去　轉轉轉
大小狐狸打扮得亮晶晶
從四面八方到齊

一對年輕的狐狸
手拉手　走過紅地毯

羞答答喝了交杯酒
接下來
佳餚一道接一道端出
杯子的碰撞聲
從這裡　到那裡
傳過來又傳過去

整個晚上
狐狸家族不睡覺
喝得醉醺醺　輕飄飄

直到東方的天空
朝陽亮堂堂地升起來
散了賓客
撤了筵席
只留下滿地
一杯杯
一盞盞
陽光下閃閃發亮
微微顫抖的
金酒杯

木棉花

把燈泡打破
會不會　流出
金黃燦爛的
光海

把你打破
盛滿甜甜蜜汁的你
會不會　把我們
淹沒

扶桑花

風　吹也吹不熄
雨　澆也澆不滅
熱情如焰的火舌
想將
早晨的紅冰糖
舔一舔

白芒花

白露剛過的九月
　河岸邊都是
款款擺動的芒花
　如煙火引信
串連得鋪天蓋地
　狐狸是一朵
小小火焰，縱身
　一躍，點燃
這個幸福的季節

七里香

在風中，在水中
在時間緩緩的流動中
你在，也不在
在無所不在的在

想雲，想月
想你撲鼻的清香
想，也不想

想無所不想的想

想著你，沒日沒夜
在夢與醒之間
在恍神的剎那
也不一定；
也不一定，有你
在光影迷離處

含羞草

熱情地張開雙臂
彷彿在說：快來抱抱我
世人卻誤解這份心意
把你喚作含羞草

你一點也不害羞，我懂
喜歡你的大方你的不做作
真想被你擁抱
摸摸你的圓耳朵

雪蓮花

白色的雨，也像
停在空中的雪滴
要融不融，要落不落
看得人心急，也心動
懾服於你的美麗

豔陽融化不了你
你卻早已融化我的心

相思樹

走過你的身旁
我的鼻子就好癢
哈啾！哈啾！
即使回到家裡
我的鼻子，也還是
抽動個不停

毛絨絨的小球，在風中
對路人頻送秋波
你就是有這樣的本事
讓我的鼻子，想你
時時分分秒秒……

勿忘我

十二個月份圍坐
火爐邊，在這
冷得叫人顫抖的雪夜
故事因少女闖入，重啟魔法
將你自沉睡喚醒

醒來了，鮮嫩的綠草
醒來了，香甜的蘋果樹

醒來了，飛舞嬉戲的蝴蝶
醒來了，母親深沉的思念
……
在冷得叫人顫抖的雪夜
在十二個月份圍坐的火爐邊
芬芳的名字，流轉千年

山茶花

煮酒的人哪兒去了
那些話還在
嗶嗶剝剝說個不停
把月色熬成一鍋
青梅子香
一半給明天，另一半
等誰呢

皚皚白雪中
遺留著
孤獨的
紅泥小火爐

一翦梅

直立是詩
橫臥是詩
端正是詩
歪斜是詩
濃密是詩
一枝是詩
殷紅是詩
潔白是詩

靜止是詩
飄落是詩

入畫是詩
下棋是詩
研墨是詩
彈琴是詩
煮酒是詩
烹茶是詩
孤鶴是詩

寒鴉是詩
月下散步是詩
笛聲悠揚是詩
你的詩，讀著讀著
有香……

聖誕紅

聖誕老人進城了
帶著他的搖滾樂團
一簇簇紅色的
重低音符
陪伴我們倒數——
一年裡最溫暖的日子
就要到了

輯四

風吹過

風吹過

吹過綠油油的原野
風會染上綠色嗎

吹過憂鬱的海洋
風會像眼淚一樣鹹嗎

吹過笑呵呵的鬱金香花田
風也跟著笑了

那麼
吹過愛哭又愛笑的我
風會變成什麼呢

我想聽風的聲音

我想聽風的聲音

想聽海上的風
朗讀浪花的旅遊日誌
想聽草原的風
唱出蝴蝶和花相戀的詩篇
想聽四季的風
說著種子如何長成金黃的稻穗

想聽夜晚的風
告訴我月亮美麗的心事

我想聽風的聲音
當我聽見風來
就好像　聽見了
全世界

發牢騷

樹上的葉子說：
藍天好藍，陽光好溫暖呀！

地上的葉子說：
青草的味道好香好好聞呀！

中間的葉子最可憐
晒不到陽光也聞不到青草

整天窸窸窣窣發牢騷

詩人聽見了
以為葉子在寫詩
小孩聽見了
以為葉子在講故事
小鳥、風兒聽見了
讚嘆這美妙的音樂

葉子作夢也沒想到

樹下一票聽眾
全神貫注聽它發牢騷
它樂得喜洋洋、哈哈笑
像被陽光親吻
像被青草圍繞

雨滴精靈的夢

雨滴精靈睡在雲朵上
高高的　涼爽的雲朵
「別再睡啦，快工作吧！」
風突然把雲被一翻
雨滴精靈開始往下墜
雨滴精靈做了一個夢

夢見晴朗的天空
和　彎彎的彩虹

夢還沒醒
就「啪」一聲
落到地上不見了

蝸牛出來晒太陽
看見藍藍的天
有一抹笑呢

雨滴精靈應該
很開心吧

蜻蜓

沙沙沙！沙沙沙！
春天的筆在水上寫字
剛寫好一首詩
嘩啦！流水無情地擦掉
剛作好一支曲子
咕嚕！小魚喝到肚裡去
給陽光的情書才寫了一半
呱呱！青蛙也來舔一舔

沙沙沙！沙沙沙！
春天的筆在水上寫字
偏偏風兒趕路
把字吹散
偏偏葉子飄落
把字遮擋
偏偏孩子愛打水漂
嚇得字左閃右躲
冷汗直流

沙沙沙！沙沙沙！
春天的筆寫得滿頭汗
忘了背上就有一對
亮晶晶的信紙

大自然的四則運算

蝴蝶＋花＝春天的少女擦香水

海鷗×浪花＝夏天的風巨人來訪

樹－葉子＝秋天的新娘走紅毯

雪÷大地＝冬天的精靈悄悄話

進行曲

天，立正站好
雲，立正站好
山，立正站好
樹，立正站好
就連喜歡扭來扭去的小草
這會兒也挺直了腰

微風領路
陽光沿途護駕
小鳥和河流
齊奏響亮樂曲

遠方，頭戴花冠的公主
輕盈地
走過來了……

春天來了之一

春天來了
春天把行道樹
點上紅紅的蠟燭
把整座城市燒得
暖烘烘
香噴噴
街上行走的人
被香甜的空氣親吻

立刻神清氣爽起來
開心的說：
春天來了！

春天來了之二

春天來了
城裡的花開了
像火一樣，熊熊地
熱烈地燃燒著

遠方的城市
也在燃燒；熱烈地
熊熊地，像花一樣

燒開來了，炸開來了
賞花的人眼裡看到
春天來了；
春天全副武裝，帶著飛彈來了

春之舞

在森林，起舞
在原野，起舞
在平靜的湖面，起舞
在柳樹的影子底下，起舞

在石板路，起舞
在落葉堆中，起舞
在斑駁的雕像，起舞

在微風吹拂的滿天星，起舞
在灑落的光的粉末，起舞
在晃動的風的搖籃，起舞
在小貓的綠眼珠裡，起舞
在小女孩沉睡的眼皮上，起舞

春天牽著那隻手——
孱弱如枯枝，起舞

日出

清晨，山的綠手掌托起
一朵含苞的金燦花
天空又驚又喜
本來灰濛濛的臉
一下變得好明亮

嬌羞的天空不敢直接說
它用雲編織了圍巾
給山戴上

有了雲的妝點
山變得更沉穩、更帥氣
開始唱起歌來

聽！
那一聲聲婉轉的鳥鳴
唱出了山的心事
與天空無盡的喜悅

一朵沒有名字的花，能不能寫詩？

一朵花，沒有名字
也能為它寫詩嗎？

畫家說，我用畫筆為它寫詩
絢爛的色彩是我的詩
攝影師說，我用底片為它寫詩
跳動的光影是我的詩
遊客說，我用眼睛為它寫詩

溫柔的凝望是我的詩
戀人說，我們用擁抱為它寫詩
上升的體溫是我們的詩

還是我的小妹，想得周到
她甩甩花一般的辮子，說：
為什麼我們不先幫它取名字呢？

按讚

蝴蝶在花的臉上按讚
花就開心得溢出了芬芳

陽光在小河的臉上按讚
小河亮晃晃地拋出了金幣

雲在滿月的臉上按讚
滿月害羞地沉到海面下

風在稻穗的臉上按讚
稻穗飽滿地結出晶瑩的穀粒

貓媽媽在小貓臉上按讚
小貓打著呼嚕滾成一顆毛線球

母親在妹妹的臉上按讚
妹妹笑咪咪地長高長大了

印刷機

山是印刷機
別看它一動不動
其實已經印了好幾億年
地球的歷史　地層的故事
都藏在那厚厚的紙頁裡

海是印刷機
印刷出長長的海岸線

把陸地都包起來了
藍色影印紙又大又美
卻被人類無情地劃破弄髒

風是印刷機
吹到哪　印到哪
吹過大地
印出綠綠的新芽
吹過城市
印出滿天飛的傳單

真想叫它吹吹爸爸的光頭

我也是印刷機
身體小　腦袋也小
卻能在一瞬間
印刷出一萬種
鬼靈精怪的想法
有的悲傷　有的歡喜
有的叫人讀了
像走進奇幻的花園裡

恐怖大師

四方為家的賣藝人
最愛壓低聲音說鬼故事
聽聽那聲音怎麼說：
廢棄的古寺，煙霧繚繞
古寺裡住著七十二羅剎
個個青面獠牙，妖氣十足
……

一開口，
樹就彎了腰拚命顫抖
葉子嚇暈過去片片飄落
風六神無主抱頭亂竄
花兒也倉皇失色跪地求饒

呼——呼——呼——
咻——咻——咻——
快逃哇！

此人是誰？人稱恐怖大師——秋天

給太陽的悄悄話

熱情的太陽
朝空中投下
亮閃閃的金幣
每一枚都燙得
叫人握不住手
汗滴滴答答地流

親愛的太陽
多希望你投下
涼涼的雪花糕
甜甜的圓仔冰
把炎熱的夏天
變成涼爽的遊樂園

睡午覺

炎炎夏日
適合睡個午覺

柔柔的青草
晒過了太陽
有香香的味道

蝴蝶是扇子
飛飛飛　搧搧搧
搧出涼爽的風
又忍不住想瞧瞧
小貓做了什麼好夢

輯五

摘星人與鑲星人

海與陸

大海喜歡陸地
她把陸地抱在懷裡
用溫柔的浪撫摸
在日裡　在夜裡
悄悄說著甜言蜜語

陸地也喜歡大海
他讓花朵盛開

風吹向藍藍的海
在日裡　在夜裡
愛藏在花香裡

大海的那頭

大海的那頭有什麼？

陸地上的人們
努力建起了高樓
還是望不穿
海上升起的雲峰

港口邊
小船無趣地打起呵欠
在浪的搖籃裡入睡

大海的那頭有什麼？

水晶船向前行
白熊船長的帽子
裝滿
全世界的風

鯨魚頭上
噴出了彩虹
星星會溜下來
跟魚兒們跳舞
是看過一眼就難忘的
魔法樂園

海裙子上的小花

海的裙子日夜都在跳舞

裙襬搖搖
一會兒飛起
一會兒翻滾

裙子上的小花
也跟著飛起、翻滾

日夜不停

小螃蟹伸出剪刀
想把小花剪下
喀嚓、喀嚓，剪不斷
海草用綠手
想給它大大的擁抱
可惜，一碰就碎
沙灘上的城堡更是留不住
一下子，小花就枯萎了

變成乾扁的泡沫

還不如詩人的筆
把小花撈起
移植到紙上
栽種在書裡
讓它綻放
讓它隨著風兒飛起、翻滾
日夜不停

海之家

太陽為什麼落到海面下
為了用海水漱漱口啊

月亮為什麼沉入大海
為了用海水洗洗手啊

星星為什麼跳到大海裡
為了用海水把臉潑溼啊

船的家明明在港口
為什麼要到遙遠的海中央呢
是為了和太陽月亮星星
一起玩耍啊

沙灘上的詩

沙沙沙，沙沙沙
是誰，在沙灘這張大稿紙
不停地寫詩？

牽手的情侶
散步的遊客
賣冰淇淋的小販
追逐嬉戲的孩童

他們的腳忙得不得了

海鷗啊
請別讓風來攪局
啣起那些詩
送去給海上的船吧

孤零零的船
夜裡有詩
就不寂寞了

海邊的裁縫師

小螃蟹，開商店
大大的剪刀
不停剪剪剪

剪一片陽光當地毯
剪一朵白雲做帆船
幫大海理頭髮
給海鷗裁新裝

收費貴不貴？
「我只要一朵
美美的小浪花喲！」

鹽田

鹽田是一部印刷機
用鹹鹹的海水作油墨
當陽光啟動它
便用熱情十足的活力
把心裡的感動
印刷在大地的影印紙上
風日日夜夜地讀
讀著一顆顆用心良苦

又光輝動人的詩結晶

船長貓

星星碼頭
有個船長貓
騎著噴射飛魚
頭戴小魚帽

穿梭在
粉紅色的天空海
透心涼的風

迎著臉呼呼吹過來
他的工作
不是撒魚網
是把大大的雲海嘯
撕成小碎浪

摘星人與鑲星人

摘星人
每天摘下星星
把星星磨成粉末
撒在一望無際的海上
海面總是亮晶晶
白得叫人睜不開眼

鑲星人

每天從海裡收集星屑
揉啊揉成玻璃珠
鑲在寶藍色的天空
天空萬里無雲
調皮的眼睛眨啊眨

有的星
夏季會消失
初冬又出現

有的星
今天在東方
明日又西沉
它們還是原來的星星嗎
它們還是原來的星星嗎

月光詩人

月光是個憂鬱詩人

憂鬱地
在海邊散步
憂鬱地
用腳印寫詩

再憂鬱地
消失在
清晨的風裡

誰
一夜沒睡
朗讀
月光的詩

潮水
漫向天空
帶走星辰

海浪
在破曉的沙灘
留下，圓圓的
像哭過的
珍珠

放風箏

公園後方
那塊青青草地
吐出
好長好長好長的舌頭
嘴饞的舌
舔一舔　柔軟的雲朵
舔一舔　甜甜的太陽

舔一舔　清涼的山霧
舔一舔　紅辣的晚霞
當第一顆晚星出現
看起來好可口呀
突然　風停了
愈垂愈低的舌頭
只好洩氣地
恨恨地回到

公園後方
那塊
青
青
草
地

空空如也的詩

這首詩空空如也
沒有太陽，沒有月亮
沒有閃耀的群星
更別提
海上的一絲微光
這首詩又瘦又弱
沒有可充飢的果實

找不到一滴露水
癱軟無力，一個指頭
就把它翻過頁了

這首詩法力消退
魔法師隱居山林
騎士騎著白馬飛奔詩外
最後來了噴火龍
把所有文字都燒光

啊，這首詩裡什麼都沒有
可憐可憐這首詩吧

雪月花

我喜歡看花
像一隻眼睛
慢慢地張開來

我喜歡看月
像一把傘
悠悠地打開來

我喜歡看雪
像一抹笑
無聲地落下來

我喜歡看你
眼睛像花　打傘像月
在綿綿細雪中
微笑向我走過來

花・靜

花，靜靜的
靜靜的，像海浪
漫過樹林
靜靜的，像島嶼
沉入海底
靜靜的，像所有的魚
回到天空裡

花，靜靜的
做它自己；靜靜的
像一首詩，綻開
在你的，掌心裡

童話國的颱風天

颱風天，大風呼呼吹
會把什麼吹來呢？

吹來一艘海盜船
船上金幣亮晃晃

吹來一座島
島上桂花香又香

吹來頑皮的小流星
送我七色星星糖

吹來三隻小兔子
為你唱歌和跳舞

哇，連我也被吹走了

媽媽向我張開手
撲進懷裡笑呵呵

鄉情

多麼想多麼想
把月光剪裁成地毯
好讓我鋪在地上
一路鋪向遠方

又是多麼希望
讓月光暈開成海洋
就能駕一葉小舟

划到海的對面

路的遠方
海的對面
究竟有什麼呢

有媽媽剛做好的飯菜
窗口點上溫暖的光
在那小小卻可愛的家

睡著的時候

睡著的時候
我還是原來的我嗎

我會不會變成狐狸
呼呼大睡的狐狸

還是成為點心國的女王
用甜甜圈的王冠接受加冕

我會不會頭上腳下
在天花板跳芭蕾舞
還是騎著我的三輪腳踏車
走在離地九尺高的電線
也許我被沼澤的妖精抱走
又被綠風無聲無息送回
也許我走到月亮上的烏鴉國度

回來時眼角多了幾滴淚珠

睡著的時候
我還是原來的我嗎

還是不知不覺中
長大了一點

月亮晚安

頑皮的風，睡了
淘氣的星星，睡了
白天熱鬧的草原
像被施了魔法
也安靜下來了

親愛的月亮
有了你的守護

我們才能一夜好夢
送你一個香吻
你是一盞
黑夜裡的
小夜燈

十五夜

花散發芬芳
樹落下果實
小河一路唸著
它寫的詩

小貓打噴嚏
蟲兒低聲鳴
貓頭鷹總是轉著

牠的大眼睛

水孩兒吹笛
林間瑟瑟作響
夢孩兒走入夢裡
玩捉迷藏

芳香滿溢的十五夜
月色皎潔的十五夜
寧靜祥和的十五夜

輯六

我的信仰

獸

獸，孤伶伶地
走過開滿小花的綠野
一腳踩碎花香
露水沾溼牠的背

獸，低頭走出綠野
後面跟著
一群
彩蝶

我的信仰

日想，夜想
日日夜夜
我一直想

一直想
把自己的
身體，修煉成
一朵花

一點點陽光
一點點雨水
就能生長；長在
孩子們經過的路旁
看著日升日落
月圓月缺
體會簡單的日常，是福

小妹妹來要花蜜
就大方奉獻

小弟弟摘幾片綠葉
泡茶，也不會惋惜
在風中跳舞
也在雨中挺立
從容的伸展枝葉
也不忘抓穩腳下的大地

不是為了讓世界著迷
但願人們經過我
能沾上幾滴花香

隨一路的笑聲
去到遠方
（日想，夜想
我一直在想……）

是花，就該綻放
我是一朵，一朵喜悅的
要用美麗的姿態
活過，愛過
芬芳過

流浪者之歌

花開是美
花落也是美

花開
有花開的美
花落
也有花落的美

當花開滿道
我願是流浪的求道者
抬頭望向花間
也未曾忘記
低頭，看見花落如微塵
無邊，無界，無量

我要俯下身
拾起一路上的落花
聆聽細小而微的聲音

渡一葉舟
撈起微波盪漾的花瓣
向佛走去，供奉在祂前

儘管白髮蒼蒼
回顧所來徑
我將看見
山崗上
一輪明月
靜靜的　如

花開圓滿

打翻

花，打翻了
才有撲鼻的芬芳

風，打翻了
才有飛翔的種子

山，打翻了
才有綿延的新綠

天空，打翻了
才有美麗的晚霞

月亮，打翻了
才有灑落的星星

我，打翻了
可以流淚
可以哀傷
然後，以勇敢的姿勢

再一次
昂首出發

禮物

一萬光年外
聽都沒聽過的
星球上
也有花嗎？

是安安靜靜的那種
還是會冷不防
咬你一口

追著你不放呢？
是在空中飛來飛去
還是會一邊尖叫
一邊發出
破壞死光？

真希望　哪天
跟外星人相見時
我們能互相贈送

把花當作最美的禮物友誼的象徵

給親愛的你

01

子彈要貫穿多少翅膀，
才能躺在沙灘流淚？

有沒有一種魔法，
能使砲彈變成氣球和甜點？

我的孩子，請張開耳朵
聽聽媽媽的祈禱

02

人要花多少年，
才能接受高牆從來不在外面？
要下潛多少遍，
才明白海面下陸地早已經相連？

我的孩子，請走出森林
走向原野

03

要有多少肺，
求救聲才能被聽見？

睡在荒野的臉孔，
告訴我該拿什麼來換回？

我的孩子，請你打開書
拿起一枝筆

04

要多少人並肩，
才能讓歌聲響徹那一片藍天？
究竟路有多遠，
才明白一切生命都有尊嚴？

我的孩子，請你走到戶外
聞一聞花香
就讓花的香氣，
溢
滿
人
間
吧

玻璃珠遊戲

午後的公園樹下
一群孩子
正在快樂地打彈珠
紅彈珠藍彈珠紫彈珠
在孩子們的注視下
撞來撞去

午後的天空
也正進行著一場
神祕的遊戲

大流星中流星小流星
撞擊其他星星
偏離原來的軌道

孩子的彈珠從孩子手上
被彈射出去

天上的彈珠滾來滾去
卻不知來自哪裡
把我彈射到這個世上來的
又出自誰的把戲

人的價值

我拿什麼來衡量
人的價值
我會數一數他的口袋裡
還有多少
童年的彈珠
我會看一看他的眼眸中

還有幾道
溫柔的星光
我會想一想他這一生中
為他人點過
多少盞燈

兒童文學66　PG3036

水仙花的眼睛

作　　者／淳熙
責任編輯／邱意珺
圖文排版／黃莉珊
封面設計／李孟瑾
圖片來源／Freepik、Pixabay
出版策劃／秀威少年
製作發行／秀威資訊科技股份有限公司
114 台北市內湖區瑞光路76巷65號1樓
電話：+886-2-2796-3638
傳真：+886-2-2796-1377
服務信箱：service@showwe.com.tw
http://www.showwe.com.tw

郵政劃撥／19563868
戶名：秀威資訊科技股份有限公司
展售門市／國家書店【松江門市】
104 台北市中山區松江路209號1樓
電話：+886-2-2518-0207
傳真：+886-2-2518-0778

網路訂購／秀威網路書店：https://store.showwe.tw
國家網路書店：https://www.govbooks.com.tw
法律顧問／毛國樑　律師

總經銷／聯合發行股份有限公司
231新北市新店區寶橋路235巷6弄6號4F
電話：+886-2-2917-8022
傳真：+886-2-2915-6275

出版日期／2024年10月　BOD一版　**定價**／350元
2024年11月　BOD二版
ISBN／978-626-99019-0-6

秀威少年
SHOWWE YOUNG

國家圖書館出版品預行編目

水仙花的眼睛/淳熙著. -- 一版. -- 臺北市：
秀威少年, 2024.10
面；　公分. -- (兒童文學 ; 66)
BOD版
ISBN 978-626-99019-0-6(平裝)

863.598　　113013638